KB230580

삶의 본질, 위대한 사랑

愚甫 지음

문화앤피플

머리말 Prologue

비움으로 마주하는 진리의 빛

The light of truth encountered through emptiness.

일흔의 고개를 넘어서야 비로소 고백한다. 내가 안다고 믿었던 그 모든 '상식常識'이 실은 나를 가두는 벽이었음을 말이다. 상식의 좁은 틀 안에 머물러서는 대자연이 펼쳐놓은 드넓은 이치를 결코 헤아릴 수 없다. 이제 그 무거운 논리의 짐을 내려놓고, 빈 마음으로 삶의 본질本質 앞에 마주 서 본다. 어리석은 이 우보愚甫가 한 걸음씩 짚어간 그 길에서, 당신만의 진실을 만날 수 있기를 소망한다.

Only after passing the seventy−year mark does one finally confess. All the "common sense" I believed I knew was actually a wall that confined me. If I remain within the narrow framework of common sense, I can never fathom the vast principles laid out by nature. Now, I lay down the heavy burden of logic and stand face to face with an empty heart before the essence of life. I hope that on the path that this foolish Woo Bo has taken step by step, you can encounter your own truth.

어느 은퇴한 70대 평범한 시민이 독자들과 공감하고 소통하고 싶은 작은 소망에서, 과거를 경험하고 현재를 직시하며, 미래를 보고 새로운 희망을 전하는 "위대한 사랑 The Greatest Love"을 시작하려고 한다.

A retired, ordinary citizen in his 70s is about to embark on The Greatest Love, a great love that experiences the past, confronts the present, looks to the future, and conveys new hope, from a small wish to empathize and communicate with readers.

지금의 정치, 경제, 사회, 종교, 문화 등 어느 것 하
나 제대로 돌아가지 않는 현실에 국민은 힘들어하고
있다. 온갖 사회 갈등과 모순이 난무하는 현실을 방치
한다면 우리의 미래는 없을 것이다.

The people are struggling with the current reality
where none of the politics, economy, society,
religion, or culture are functioning properly. If we
leave the reality of all sorts of social conflicts and
contradictions running rampant, there will be no
future for us.

그동안 인간들은 수천, 수만 년을 진화하고 성장해 오면서 여기까지 왔다. 진화하고 성장할 때는 모순과 갈등을 생산해내는 시기였지만 이제 우리는 모두 성 장하여 지식 사회를 이루었다.

Over the years, humans have evolved and grown for thousands or tens of thousands of years to come this far. While we were in a period of producing contradictions and conflicts during our evolution and growth, we have now all grown up and formed a knowledge society.

컴퓨터와 인터넷의 발달로 전 인류는 하나로 연결되어 있으며, 인공지능, 빅데이터 등 디지털, 생물, 물리 기술의 융합으로 정치, 경제, 사회 전반의 변화가 일어나 4차 산업혁명이 전 세계 질서를 새롭게 만들어가고 있다.

With the development of computers and the internet, all of humanity is connected as one, and the convergence of digital, biological, and physical technologies such as artificial intelligence and big data is causing changes in politics, economy, and society as a whole, leading the Fourth Industrial Revolution to create a new global order.

지금까지 만들어 온 지식은 공유하는 시대가 되었
다. 인류 사회가 둘이 아니고 하나다. 우리 민족은 인
류 공영共榮에 이바지해야 하는 역사적 사명使命이 있
다. 우리가 어떻게 여기까지 왔는가? 국제사회의 도
움과 우리의 노력이 만든 것이다.

The knowledge that has been created so far has
entered an era where it is shared. Human society
is not two but one. Our people have a historical
mission to contribute to the common prosperity
of humanity. How have we come this far? It was
created by the help of the international community
and our efforts.

우리 민족의 이념은 홍익弘益 이념理念이다. 홍익 이념은 '널리 인간을 이롭게 하라'는 뜻으로, 고조선 건국 이념이자 오늘날 대한민국 교육의 기본 이념이다. 홍익 이념은 너와 내가 아니라 우리가 같이 가는 이념이다.

The ideology of our people is the Hongik ideology. The Hongik ideology means "to widely benefit humanity," which is the founding ideology of Gojoseon and the basic ideology of education in South Korea today. The Hongik ideology is an ideology where we move forward together, not just you and I.

이념 통일이 안 되면 아무것도 할 수 없다. 누구나 공감共感하는 이념, 지혜智慧를 여는 이념이다. 세상을 널리 이롭게 하고 인류 사회로부터 존경을 받을 때 즐겁고 기쁘고 행복한 것이다. 이것이 우리 인생의 성공 이라고 하는 것이다.

If ideological unification is not achieved, nothing can be done. It must be an ideology that everyone can agree on, an ideology that opens up wisdom. When we widely benefit the world and are respected by human society, we feel joy, happiness, and joy. This is what is called the success of our lives.

우리는 지금까지 생生, 로老, 병病, 사死로 살아왔지만 이제는 생生, 행行, 복福, 사死로 살아야 한다.
이 땅에 태어나서生, 늙고老, 병들고病, 죽는死 것이 아니라 태어나서生, 행하고行, 복받고福, 가야死 한다.

We have lived through life, death, illness, and death until now, but now we must live through life, conduct, blessing, and death. It is not about being born, aging, becoming ill, or dying on this land, but rather being born, acting, receiving blessings, and going.

이 사회를 지혜로 이끌어야 하는데 힘으로 끌고 가려고 한다. 모든 분야가 논리와 상식에 갇혀 벗어나지 못하고 있다. 상식과 논리의 답이 아닌 대자연법, 즉 진리의 답을 만나야 상식과 논리가 깨지는 것이다.

This society must be led by wisdom, but they are trying to pull it by force. All fields are trapped in logic and common sense, unable to escape. Common sense and logic are broken only when we encounter the law of nature, that is, the answer of truth.

　대자연의 이치에 따라 사람이 바르게 사는 법과 사람이 사람을 바르게 대하는 공부가 있어야 한다. 이 우주에서 내가 누구인지, 왜 이 땅에 왔는지, 마무리는 어떻게 하고, 이 세상을 떠나면 어디로 가는지에 대한 공부가 있어야 한다.

　According to the principles of nature, there must be a way for people to live righteously and the study of how people treat people righteously. There must be a study of who I am in this universe, why I came to this land, how to finish things, and where I will go after leaving this world

이 시대의 지식인들은 모든 것을 이 시대에 맞게,
즉 현재와 과거, 현재와 미래를 비교 연구해야 한다.
좋은 것은 받아들이고, 과거의 것은 감사하며, 현재와
과거를 비교 연구하여 현재에 맞게 재정립해야 한다.

Intellectuals of this era must conduct comparative studies of everything in accordance with this era, that is, comparing the present and the past, and the present and the future. They must accept the good, appreciate the past, and compare the present and the past to reorganize them in accordance with the present.

미래를 내다보고 새로운 이론과 답을 제시하며 연구하는 새로운 문화가 일어나야 한다. 지금이 바로 모든 상식을 깨는 뉴 패러다임 시대, 즉 새로운 시대정신을 찾아 새로운 미래, 융합 시대를 열어갈 때이다.

A new culture must emerge that looks to the future, presents new theories and answers, and conducts research. Now is the time to break all common sense and usher in a new paradigm era, that is, to discover a new zeitgeist and usher in a new future and an era of convergence.

차 례 Content

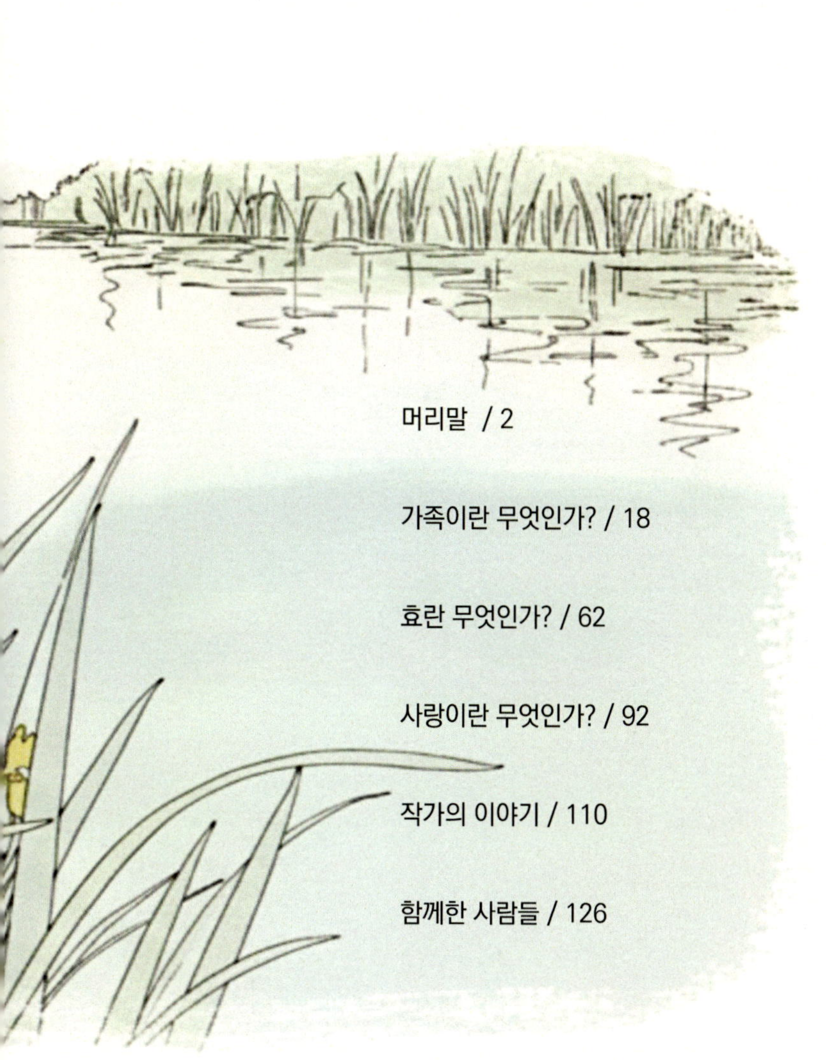

가족이란 무엇인가 ?

What is family?

가족家族, 집착의 고리를 끊고 소통의 길로

Family, severing the chains of attachment and
moving towards a path of communication.

가족은 단순히 피로 맺어진 운명이 아니다. 핏줄이라
는 이름으로 서로를 소유하려 할 때, 가장 가까운 인연
은 가장 아픈 상처가 된다. 지금 이 시대의 진정한 가족
은 서로 소통하며 삶에 실질적인 도움이 되어야 한다.
소유를 내려놓고 존중으로 마주할 때, 우리는 비로소
'상생의 가족'이 될 수 있다.

Family is not simply a fate bound by blood. When
people try to possess each other in the name of
blood, the closest bond becomes the most painful
wound. In this era, true family should communicate
with each other and provide practical help in life.
Only when we let go of possessions and face each
other with respect can we truly become a "family of
coexistence."

과거의 가족이 있고 지금의 가족이 있다. 과거의 가족은 족보에 의한 혈통 관계로 이루어져 왔다. 우리 부모님 세대까지만 해도 혈통 보존을 중시했다. 우리는 가족 중심으로 살던 민족인데, 서로 조건 때문에 어쩔 수 없이 살고 있다.

There is a family from the past and a family from the present. The family from the past was formed by lineage based on genealogy. Until our parents' generation, they valued preserving the lineage. We were a people who lived centered around our families, but we are forced to live because of each other's circumstances.

가족이라는 말은 있어도 아직은 가족이 아니다. 혈육으로 맺어진 인연, 혈연일 뿐이다. 그동안 우리는 인연을 맺고 서로 부딪히며 지금까지 왔다. 그것이 집착으로 굳어져 모순을 낳고 갈등을 일으키고 있다.

The word "family" exists, but it is not yet family. It is merely a bond formed by blood ties. Over the years, we have formed relationships and clashed with each other, leading us to this point. This has solidified into obsession, creating contradictions and conflicts.

그동안 우리는 물질적 도움이 돕는 것이라고만 일반적으로 알고 왔다. 그것은 방편일 뿐이다. 가족은 서로 아끼고 상생하라고 만나는 것인데 소통도 안 되고, 답답하고, 도움도 안 되니까 쪼개지고 있다.

Until now, we have generally understood that material assistance is what helps. That is merely a means of expediency. Families meet to cherish each other and coexist, but communication is lacking, frustrating, and unhelpful, so they are splitting apart.

지금의 가족은 서로 소통하고 도움이 되며 상생해야 가족이 될 수 있다. 부부도 처음에는 혈육이 아니었지만 가족이라고 한다. 그래서 누구나 가족이 될 수 있다. 바르게 나아가면 이웃도 사회도 나라도 인류도 함께 가족이 되는 것이다.

The current family can only become a family when they communicate, help each other, and coexist. Even though a married couple was not blood relatives at first, they are now family. That's why anyone can become a family. If we move forward correctly, our neighbors, society, the country, and humanity can all become a family together.

부모 자식, 부부, 형제자매의 인연도 다 이유가 있
다. 왜 소통하고 도움이 되어야 하는지, 각자 다 이유
가 있어서 인연이 된 것이다. 아무 의미 없이 이 세상
에 온 것이 아니라는 것이다. 서로 갚아야 할 빚과 의
무가 있어서 그렇다.

There is a reason for the relationships between
parents and children, spouses, and siblings. Each
person has their own reason for communicating
and being helpful. They didn't come into this world
without any meaning. It's because they have debts
and obligations to repay each other.

자식이 부모 말을 안 듣고 속을 썩일 때 "이 원수같은 놈!"하고 불편한 심기를 은연중에 드러낸다.

왜 그럴까? 맞다, 가장 큰 원수지간이다. 부모와 자식은 최고의 빚고리다. 그래서 가장 가까이에 놓고 빚을 갚으라고 한 것이다.

When a child doesn't listen to their parents and causes trouble, they subtly express their discomfort, saying, "You wretch!" Why is that? That's right, they are the biggest enemies. Parents and children are the greatest debt link. That's why they are kept closest to each other and told to repay the debt.

빚은 부모가 먼저 갚는 것이고, 후에 자식이 갚는 것이다. 월권을 하면 안 된다. 선조들이 희생하면서 하지 못한 것을 하는 것이 자식이고, 자식이 독립심을 키워 자기 인생을 살 수 있도록 하는 것이 부모가 할 일이다.

Parents pay off their debts first, and their children pay them off later. One must not overstep their authority. Children should do what their ancestors could not through sacrifice, and it is the duty of parents to nurture their children's independence so they can live their own lives.

20대는 새로운 시작과 도전, 성장의 시기다. 부모의 보살핌으로 클 때가 있고, 부모 곁을 떠나서 클 때가 있다. 그렇지 않고 지나치게 간섭하거나 개입하면 본인의 인생을 살지 못하고, 결국은 부모에게 한이 되어 집착으로 남게 된다.

Your 20s are a time of new beginnings, challenges, and growth. There are times when you grow with the care of your parents, and times when you grow away from your parents. Otherwise, if you interfere or intervene too much, you won't be able to live your own life, and eventually it becomes a source of resentment for your parents, remaining as an obsession.

부부는 어떤 인연으로 만났을까? 과거 시대와 지금 시대는 다르다. 과거에는 신분에 따라 다르게 만났다. 하는 일이 달랐기 때문이다. 과거의 남자들은 신분에 따라 사람들을 많이 거느리는 사람이 있었고, 일만 하는 사람이 있었다.

What kind of connection did the couple have when they met? The past era and the present are different. In the past, people met differently depending on their social status. This was because their work was different. In the past, some men had many people depending on their status, while others only worked.

그에 따라 여자들도 하는 일이 달랐다. 사대부 집안은 여자들의 내조가 필요했고, 일반 백성들은 노동력이 필요했다. 그래서 짝만 지어주면 되었다. 지금 이 시대는 남녀 모두 지식을 갖춘 지식인들이다.

Accordingly, the women's work was different. The noble families needed support from women, while the common people needed labor. So, all they neededwas a pair. In this era, both men and women are intellectuals with knowledge.

부부는 함께 생활하며 소통하고, 서로 도우면서 같이 가는 동반자이다. 부부가 왜 동반자여야 하는지 한 가지 예를 들어 보겠다. 남편은 밖에 나가 일을 하고, 아내는 집에서 아이를 키우고 살림만 할 때가 있었다.

A married couple is a companion who lives together, communicates, and helps each other while going together. Let me give you an example of why a married couple should be companions. There were times when the husband went out to work, and the wife stayed home to raise the child and take care of the household.

남편이 사회에 나가 경험을 쌓고 기반을 닦으며 어느정도 시간이 지나다 보면, 사회에서 어떤 다른 곳이 뒤처지고 빈 곳이 나온다. 이때 아내가 남편의 빈 곳을 채워주지 못하니까 남편은 짜증을 내고 성을 내고 무식한 짓을 한다.

As my husband gains experience and builds a foundation in society, and after some time passes, some other places in society fall behind and empty spaces emerge. At this time, when the wife cannot fill in her husband's empty spaces, the husband gets irritated, angry, and does ignorant things.

밖에서 일하는 남편보다 안에 있는 아내가 시간이 더 많다. 안에 있던 부인이 공부를 했어야 했다. 정보 매체(신문이나 잡지, 인터넷)를 통해 틈틈이 공부하고 있었다면 안에서도 바깥 사회를 얼마든지 알 수 있다. 내조는 대화다.

The wife inside has more time than the husband who works outside. The wife inside should have studied. If she had been studying in her spare time through information media (newspapers, magazines, the internet), she could have learned about the outside world as muchas she wanted from within. Supporting her husband is conversation.

남편은 남편 일을 하고, 아내는 자기 일을 제대로 했다면 맞벌이는 없을 것이다. 남편이 많은 사람을 거느리고 큰일을 할 때 아내는 내조하는 한 쌍이다. 환경이 되어서 맞벌이를 해야 한다면 사회 공부를 같이 하라고 하는 것이다.

If the husband did his job and the wife did her job properly, there would be no dual-income households. When the husband manages many people and does great things, the wife is a supportive couple. If the environment forces both to work, it means they should study society together.

공부는 안 하고 돈만 벌려고 한다면 생각을 바꿔라! 사회를 하나라도 배우려고 해야 한다. 부족함을 채우라고 하는 것이다. 서로에게 필요한 사람이 되고 존중하며 상생하면 환경이 바뀐다. 사회는 필요한 경비를 주면서 가르치는 학교다.

If you're only trying to make money without studying, change your mind! You should try to learn at least one thing about society. It's about filling in the gaps. If we become people who are needed by each other, respect each other, and coexist, the environment will change. Society is a school that teaches while providing necessary expenses.

부부일심동체는 너의 생각과 나의 생각이 같다는 것인데, 살면서 그렇게 하라는 것이다. 서로 뜻이 맞아서 수준 높은 일을 하라는 것이다. 이 사회를 위해 이바지하고 보람된 삶을 사는 것이 부부 인연의 빚을 갚는 것이다.

The idea of being one mind as a couple means that your thoughts and mine are the same, and that's what you should do in life. It means you should align your intentions and do high-level work.

Contributing to society and living a fulfilling life is how you repay the debt of your marital relationship.

가족 간의 여러 갈등 중에 고부 갈등에 대해서 알아
보자. 고부 갈등뿐만 아니라 모든 갈등이 만연한 시대
다. 이 때까지 나온 갈등은 우리가 할 도리를 몰라서
모순이 나왔고 바르게 대하지 못해서 나온 갈등이다.

Let's explore the conflicts between mothers-in-law and daughters-in-law among various family conflicts. Not only conflicts between mothers-in-law and daughters-in-law, but all conflicts are rampant in this era. The conflicts that have arisen up to this point have been contradictions due to a lack of understanding of our duties and conflicts arising from our failure to treat them properly.

고부 갈등은 왜 일어날까? 어쨌든 시어머니 쪽에서 보면 귀한 아들을 며느리가 뺏어간 것이 되었다. "아들놈이 마누라가 생기더니 변했네"하고 푸념을 한다. 아들 욕심이 많을수록 며느리와의 관계는 불편하다.

Why do conflicts between mothers-in-law and daughters-in-law occur? Anyway, from the mother-in-law's perspective, it seems that the daughter-in-law took away her precious son. She complains, "My son has changed since he got a wife." The more greed for her son, the more uncomfortable the relationship with her daughter-in-law becomes.

내 자식이라는 집착에서 모든 것이 시작된다. 욕심 때문에 무식해졌다. 대학을 나온 박사도 어떠한 지식인도 욕심을 내는 순간 무식해진다. 돈, 자식, 명예, 어떤 것도 내 것으로 이루려는 욕심이 가장 큰 욕심이다.

Everything begins with the obsession of being my child. I became ignorant because of greed. Whether it's a PhD with a college degree or any intellectual, the moment they become greedy, they become ignorant. The greatest desire is to make money, children, fame, or anything else one's own.

1차적인 잘못은 시어머니다. 왜냐하면 누가 제일 마음이 아픈지를 봐야 한다. "때린 놈이 있고 맞은 놈이 있다"고 하자, 누가 더 아픈가? 맞은 놈이다. 내 잘못을 알아야 또 맞지 않는다. 내 잘못을 모르면 계속해서 일어난다.

The primary fault is the mother-in-law. Because we need to see who is most hurt.

If we say, "There is someone who hit and someone who was hit," who is more hurt? The one who was hit. You need to know my mistake to avoid getting hit again. If you don't know my mistake, it will keep happening.

며느리는 고부 갈등에 왜 아프냐? 시어머니가 무엇인지 모르고, 그 자식과 어떤 관계성이 있는지, 그 집안의 내력을 깊이 알아보지 못하고 내가 그 집 아들을 차지했다. 무엇이 잘못됐나? 지혜롭게 보지 못하고 내 방식대로 그 집 아들과 살았다.

Why does the daughter-in-law feel sick due to conflicts between her mother-in-law and daughter-in-law? She doesn't know what her mother-in-law is, nor does she deeply understand her relationship with her child or the family's history, so I took her son from that family. What went wrong? I didn't see it wisely and lived with the son of that house in my own way.

깊이 박혀 있는 집착에서 빼내온 건데, 며느리는 안 뺏어왔다고 생각한다. 이것을 모르니 시어머니에게서 안 좋은 행동을 당하고 나면 내 아픔이 온다. 처음에는 며느리가 뭐라고 말도 못 하고 입이 불뚝 튀어나온다.

It was taken out of the deeply ingrained obsession, but I don't think my daughter-in-law took it away. Because I don't know this, after experiencing bad behavior from my mother-in-law, my own pain comes. At first, the daughter-in-law can't say anything, and her mouth just sticks out.

내 잘못을 발견하지 못하면 남 탓을 하게 된다. 그래도 모르니까 시어머니가 안 좋은 행동을 분명히 또 하고 또 한다. 이제는 섭섭하던 것이 한 단계 올라가 분하게 되고, 또 한 단계 올라가 화가 나고 성이 나면서 고부 갈등은 키워진다.

If I don't find my own fault, I end up blaming others. But because I don't know, my mother-in-law clearly does bad things again and again. What used to be upset has now taken a step up, leading to anger and frustration, and then another step up, causing anger and rage, which exacerbates the conflict between the mother-in-law and daughter-in-law.

왜 이런 일이 일어나는가? 며느리도 무식했다. 지식을 다 갖추었어도 남을 미워하는 순간 나 또한 무식자가 된다. 모든 것을 풀지 못하고, 모든 논리를 바르게 정리하지 못하고 남을 원망하면 지식이 무식으로 바뀐다.

Why does this happen? The daughter-in-law was also ignorant. Even though she had all the knowledge, the moment she hated others, I too become an ignorant person. If she cannot solve everything, properly organize all logic, and blames others, her knowledge turns into ignorance.

　며느리도 무식해서 맞장구쳐서 일어나는 갈등이니 둘 다 똑같다. 누구의 잘잘못을 논할 일은 아니다. 둘 다 똑같으니까 서로 다투고 헐뜯고 미워하는 것이다. 만약 며느리가 무식한 짓을 안 하고, 현명했다면 그렇게 안 했을 것이다.

The conflict arises because the daughter-in-law is also ignorant and agrees, so they are both the same. It's not a matter of discussing whose rights and wrongs. Since both are the same, they argue, slander, and hate each other. If the daughter-in-law had not done anything ignorant and had been wise, she would not have done so.

오는 것만 받아들이고, 귀 막고 눈 막고 입 막고 3년을 관찰하고 있었다면 그 집안의 내력을 알게 되고 1차로 처리할 수 있는 힘이 생긴다. 2차로 7년이 지나면 이 집안의 잘못된 것을 지혜롭게 정리할 수 있는 힘을 갖게 된다.

If you only accept what comes, cover your ears, eyes, and mouth for three years, and observe, you will come to know the family's history and gain the power to handle it as a first step. After seven years as a second step, you will have the power to wisely sort out the wrongdoings in this family.

사랑은 그 집안의 잘못된 것을 정리해 줬을 때 저절로 일어나는 것이다. 내 할 일을 안 했을 때 사랑은 절대 이루어지지 않는다. 좋아했을지는 몰라도 사랑은 아니었다. 좋은 것은 입이 찢어지도록 웃지만 행복은 마음이 웃는다.

Love arises naturally when you fix the wrongs in that family. Love never comes true when you don't do your job. I might have liked it, but it wasn't love. Good things laugh until their mouths are torn, but happiness makes the heart laugh.

고부 갈등이 일어나는 것은 내가 무식해서 일어나는 일이다. 무식한 것은 무식한 것이다. 아무리 지식을 가지고 있어도 바르게 쓸 줄 모르고 그것에 눈이 어두워지면 무식해지는 것이다. 하루아침에 무식해지고 초 단위로 무식해진다.

The conflict between a mother-in-law and daughter-in-law arises because I am ignorant. Being ignorant is being ignorant. No matter how much knowledge one has, if one does not know how to use it correctly and becomes blinded by it, they become ignorant. They become ignorant overnight and by the second.

또 예를 들면 시누이-올케 관계도 마찬가지다. 내 오빠를 빼앗아 간 거다. "저것만 없으면 오빠 사랑을 내가 다 받을 수 있는데" 하고 미워하고, 올케는 시누이가 자꾸 무식하게 치고 들어오니까 살살 성이 나고 똑같이 무식해진다.

The same goes for the sister-in-law relationship. She took away my brother. "If it weren't for that, I could receive all of my brother's love." She hates him, and my sister-in-law gets subtly angry because her sister-in-law keeps attacking her ignorantly, and she becomes equally ignorant.

지금 발산하지 말고 "시어머니나 시누이가 이럴 때
는 다 이유가 있으리라" 이 집에 처음 왔으니까 "성격
도 모르고 관계도 모르고 내가 중간에 싹둑 끊은 것은
없는가?" 그것까지는 모르더라도 뭔가 있으리라 생각
을 했어야 했다.

Don't let it out now, but rather, "There must be
a reason why your mother-in-law or sister-in-
law might be doing this." Since it's your first time
in this house, "I don't know their personality or
relationships, and I didn't cut them off midway."
Even if I didn't know that, I should have thought
there must be something there.

기초를 알고 갔더라면 그것이 가능했을 것이다. 그 집에 들어가서 "내가 모르는 무엇인가 있으리라" 하고 정리하고 노력하다 보면 점차 좋아져서 3년이 지나면 모든 것이 보일 테니 스스로 다 이끌 수 있고 스스로 힘이 갖춰질 것이다.

If I had known the basics, it would have been possible. Entering that house, I thought, "There must be something I don't know." If you organize and make an effort, you will gradually improve, and after three years, you will see everything, so you will be able to lead everything yourself and have your own strength.

지혜가 그만큼 열린다. 이 집에 있던 모든 그늘을 싹 정리해서 우뚝 세우고 나면 내 집안이 되는 것이다. 그렇게 하기 위해서 며느리 하나를 관세음보살. 천사로 데리고 온 것이다. 그 원리도 모르고 그 집에 가서 같이 투기하고 다투고 미워했다.

Wisdom opens up that much. Once all the shadows in this house are completely cleared and stood tall, it becomes my own home. To do that, I must appoint one daughter-in-law, Avalokitesvara Bodhisattva. An angel. Without understanding the principle, we went to that house, speculated, argued, and hated together.

그렇게 가다 보니 내 설 자리는 없어지고 우리의 어려움은 우리가 자초自招했다는 것이다. 남자는 영문도 모르고 당하고 있고 힘도 다 빠지고, 한 집안이 잘못되는 것은 여자들 책임이다. 내 잘못을 모르고 남편에게 대들고 있다.

As we continued like that, my place disappeared, and our difficulties were brought upon ourselves. Men are being taken advantage of without knowing why, and their strength is completely drained. It is the women's responsibility when a family goes wrong. They are defying their husbands without realizing their own fault.

형제자매가 자라는 원리, 어떻게 해서 상생하는가? 형제들이 태어나는데 어떤 사람은 외톨이로 크는 사람이 있고, 또 어떤 사람은 형제끼리 도우면서 크는 사람이 있다. 윗사람은 아랫사람을 돕기 위해 살아가는 것이 근본이다.

The principle of siblings growing up: how do they coexist? When siblings are born, some grow up as loners, while others grow up helping their siblings. The fundamental principle is that superiors live to help those below them.

윗사람인 형이 먼저 태어났다면 모든 것을 경험하고 정리하고 배운 것을 아랫사람을 위해 살아갈 때 동생으로부터 감사와 존경을 받게 되어 있다. 동생은 그것을 잘 받아서 제 인생을 잘 사는 것이 형을 돕는 것이다.

If the older brother, who is the superior, was born first, he will receive gratitude and respect from his younger brother when he experiences everything, organizes everything, and lives for his subordinates. The younger brother will receive this well and live his own life well, which is how he helps his older brother.

그 아랫사람은 또 그 아랫사람을 돕는 것이다. 우리가 무엇을 해서 윗사람을 돕는다는 것은 착각이다. 그래서 우리는 항상 사회 발전에 기여하는 것이다. 윗사람의 실패를 보면서도 그것을 발판 삼아 그 아랫사람을 도와야 한다.

That subordinate is also helping that subordinate. It is a misconception to think that we are helping our superiors by doing something. That is why we are always contributing to social progress. Even when we see the failures of our superiors, we must use them as a stepping stone to help those below us.

그리고 혼자 외롭게 크는 사람은 형제들로부터 도움을 받지 않도록 태어났다. 사회를 보고 배우라고 한 것이다. 내 주위 사람을 가까이하라고 한 것이다. 우리는 혈육으로서 의무를 가지고 태어나는데, 그 의무는 성장할 때까지다.

And those who grow up alone and lonely are born so that they do not receive help from their siblings. They were told to learn by hosting society. They were told to get close to the people around me. We are born with a duty as blood relatives, and that duty is until we grow.

그런데 어떤 사람들은 자식이 독립할 때가 지났는데도 곁에 두고 있다. 그것은 의무가 아니다. 자기 인생은 자기가 개척해 가는 것이다. 짐승도 자기 할 일이 끝나면 자유롭게 놓아주는데, 인간만이 놓아주려 하지 않는다. 버릇이 되어 버렸다.

However, some people keep their children by their side even though it's past the time for them to become independent. That is not an obligation. One's own life is something one must forge their own path. Even beasts are free to let go once their tasks are finished, but humans are the only ones who refuse to let go. It has become a habit

사회에서 인연을 맺는 것은 의무를 행하는 것이 아니라 서로 상생할 수 있는 방안을 마련해 가면서 가족이 되어가는 것이다. 혈연은 가족의 인연이 아니고, 의무를 행하는 인연이다. 우리가 무엇을 노력했느냐에 따라 가족이 되어간다.

Forming connections in society is not about fulfilling obligations but about becoming a family while finding ways to coexist and benefit each other. Blood ties are not family connections but rather about fulfilling obligations. We become family depending on what we have put in effort.

혈연도 의무가 끝나고 독립을 해서 서로 노력한 만큼 가족을 만들어 가는 것이다. 노력을 덜했다면 헤어지는 것이다. 가족은 함부로 맺어지지 않는다. 혈육과 가족은 다르다. 가족이라고 잘못 알고 기대했다가 상처를 입는다.

Blood ties are finished, and after independence, families are built according to the efforts they put in. If they put in less effort, they part ways. Families are not easily formed. Blood relatives and family are different. You might get hurt by mistakenly thinking they are family and expecting them.

가족은 언제 되느냐 하면 지천명_{知天命}인 50대가 되
어야 가족인지 아닌지 알게 된다. 불혹_{不惑}인 40대까
지 노력을 어떻게 했느냐에 따라 달라진다. 노력을 했
느냐 욕심을 냈느냐, 노력은 무엇이고 욕심은 무엇인
지 알아야 한다.

When you become family, you won't know if you're family until you're in your 50s, when you'll reach your age. It depends on how you put in effort until your 40s, when you're not in your 40s. You need to know whether you put in effort or were greedy, what effort is and what greed is.

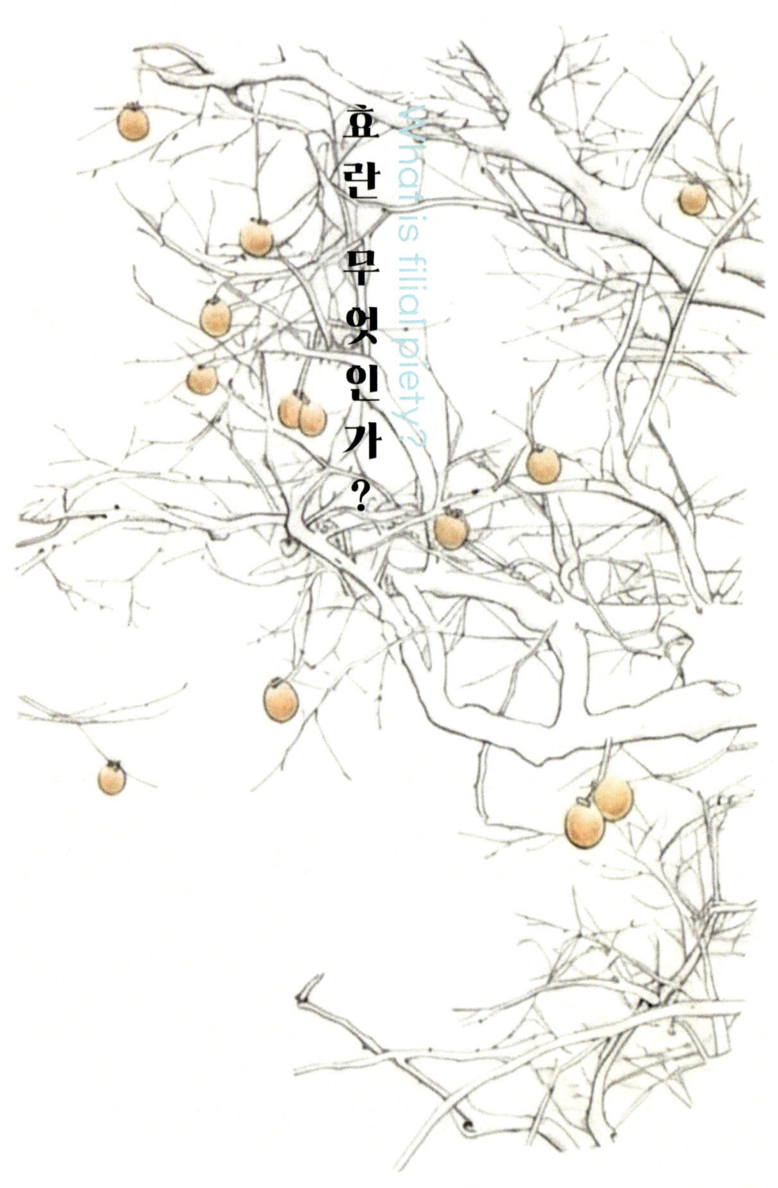
효란 무엇인가?
What is filial piety?

효孝, 자식의 빛남이 부모의 기쁨이 되는 역설

Filial piety, the paradox where a child's brilliance becomes a parent's joy

부모님 곁을 지키는 것만이 효도의 전부라고 생각하십니까? 나무가 열매를 맺어 세상을 이롭게 하듯, 부모는 자식이 사회에서 훌륭한 사람으로 성장하기를 원한다. 자식이 세상의 존경을 받는 공인이 될 때, 부모의 근심은 사라지고 비로소 영혼의 안식을 얻는다. 이것이 지금 이 시대가 요구하는 효의 위대한 역설이다.

Do you think that simply staying by your parents' side is the entirety of filial piety? Just as a tree bears fruit to benefit the world, parents want their children to grow into excellent individuals in society. When their children become respected figures in the world, their parents' worries disappear, and they finally find peace for their souls. This is the great paradox of filial piety that this era demands.

부모에게 걱정을 끼치지 않는 것이 효의 시작이다. 과거의 효가 있고 오늘날의 효가 있는 것이다. 과거에는 한집에 같이 살면서 조상 대대로 봉양하고 희생하면서 지냈다. 그것이 내 인생의 전부인 줄 알고 살아 왔다.

Not causing concern to parents is the beginning of filial piety. There is filial piety in the past and filial piety in today. In the past, people lived together in the same house, supporting and sacrificing for generations. I lived believing that this was my entire life.

그러면 나라에서 효행상도 주고 했다. 그러니까 상을 받으려면 조상 대대로 아파야 하고, 또 그 뒷바라지를 하고 살아야 하는 꼴이 되는 것이다. 부모님은 아프고 자식은 약을 사서 나르고 우리 후손은 두 번 다시 그러면 안 된다.

Then the country would also provide filial piety awards. So, to receive a reward, one would have to be sick for generations, and it would be like having to support them. Parents would be sick, children would have to buy and carry medicine, and our descendants would never do that again.

부모님이 아픈 것은 자식을 잘못 키워서 자식이 자기 할 일을 바르게 못하니까 벌을 받고 있는 것이다. 자식을 가르치려고 일어나는 일이다. 자식은 부모님이 왜 아픈지 고민하고 찾아야 한다. 지금은 지식 사회다.

The reason parents are sick is because they raised their children poorly, causing them to fail to do their duties properly, leading to punishment. This happens to teach their children. Children need to think about and find out why their parents are sick. We are now in a knowledge society.

효의 근본은 부모님을 기쁘게 해 드리는 것이고 슬프게 하면 불효다. 그러면 어떻게 하면 기쁜가를 찾아야 한다. 부모님을 기쁘게 하는 원리는 자식이 질質 높은 일을 하여 이 사회를 널리 이롭게 하고 사회로부터 존경을 받을 때 기쁘다.

The foundation of filial piety is to please one's parents, and if it makes them sad, it becomes unfilial. Therefore, one must find how to make them happy. The principle of making parents happy is that children do high-quality work, widely benefit society, and are respected by society.

반대로 공부시키고 키워 놓았는데, 예를 들어 나라에서 일을 하라고 부르면 자식이 "나는 부모님 곁에서 효도하며 있겠다"하고 안 가면 부모는 슬플까요, 안 슬플까요? 슬픈 거다. 부모는 슬퍼지고 아프게 된다.

Conversely, if you educate and raise them, for example, if the country calls you to work, and your child says, "I will be by my parents' side and be filial," and doesn't leave, would the parents be sad or not sad? They are sad. Parents become sad and hurt.

작은 일을 하면 가까이 떠나고 큰일을 하면 할수록 멀리 떠나게 되어 있다. 내 자식이 잘 성장해서 사회를 이롭게 하고 사회로부터 존경을 받으면 부모는 즐겁고 기쁘고 행복해서 아프지 않고 그러면 효도는 스스로 일어나게 되는 것이다.

When you do small things, you tend to leave closer, and the bigger things you do, the farther you tend to go. If my child grows well, benefits society, and is respected by society, parents will be happy, joyful, and happy, so they won't be in pain, and then filial piety will arise on its own.

부모는 나를 키워주고 뒷바라지해주고 성장시켜주면 이것으로 감사하고 나는 사회와 나라, 인류를 위해 뜻있는 일을 할 때 효가 되는 것이다. 내 손으로 약을 사 들고 다니는 것은 불효다. 자식이 그러고 있으면 부모는 갈수록 더 아파진다.

When parents raise me, support me, and help me grow, I am grateful for this, and I become filial when I do meaningful work for society, the country, and humanity. It is unfilial to carry around medicine with my own hands. If a child does that, the parents will only get more and more sick.

지금 당장 부모를 생각하면 멀리 못 간다. 부모밖에 모르는 사람이 어떻게 나라를 위해 살겠는가? 내 자식을 위하는 사람은 내 자식을 위해 살지 못하고, 이 사회를 위해 사는 사람은 스스로 내 자식을 위해 살고 있는 것이다.

If I think about my parents right now, I can't go far. How can someone who only knows their parents live for the country? Those who care for their children cannot live for their children, and those who live for this society are living for their own children.

내 자식이 바르게 살고 삶의 질質을 좋게 해주려면 내 자식이 살기 좋은 사회를 만들어야만 살기 좋은 세 상이 열리는 것이다. 내 자식한테 돈을 준다고 되는 것 이 아니고, 돈을 주게 되면 자식을 죽이는 꼴이 된다.

To ensure my child lives righteously and improves their quality of life, I must create a society where my child can live comfortably, only then can a better world open up. Giving money to my child doesn't work; giving money would be like killing them.

내 자식이 살아갈 사회를 위한다면, 내 자식은 스스로 잘 살 것이므로 결국 자식을 위하는 것이 된다. 우리는 지금까지 반대로 왔다. "내 자식을 위해서 어떻게 해준다"거나 "내 부모를 어떻게 책임진다"는 것은 내가 책임질 수 있는 것이 아니다.

If you care about the society in which your child will live, your child will live well on their own, so ultimately, it becomes about caring for your child. We have come in the opposite direction so far. "I will do something for my child" or "I will take responsibility for my parents" is not something I can take responsibility for.

한 부모에 자식들이 여러 명 있다. 첫째는 박사가 되어 사회생활을 하느라 아주 바빠서 집에 자주 못 오고, 둘째는 사업을 하면서 자주 찾아오고 돈도 잘 벌고, 막내는 농사나 지으며 부모님 곁을 지키는 등 각자 다른 삶을 살아간다.

A single parent has several children. The first child, who has become a Ph.D. and is very busy with their social life, doesn't come home often. The second child, who runs a business, visits frequently and earns good money. The youngest child farms and stays by their parents' side, living different lives.

사회를 이끌거나 집안을 다스리는 데에는 각자 포지션이 있다. 어떤 사람은 공부를 많이 하고, 어떤 사람은 경제력이 좋고, 어떤 사람은 사람 관계를 잘하는 등 여러 가지 일을 한다. 거기에는 항상 뒷바라지하는 사람이 있기 마련이다.

There is a position for each person in leading society or governing a household. Some people study a lot, others have good financial power, and still others are good at relationships with people, among other things. There is always someone who supports them.

뒷바라지하는 동안에 갖출 사람은 다 갖추게 된다.
다 갖추게 되면 그 뒷바라지는 끝이 난다. 뒷바라지는
앞에서 힘을 만들 때까지다. 노동자들이 열심히 일하
는 것은 앞에 사람이 지식도 경제도 기술도 갖추고 하
는 동안에 하는 것이다.

While taking care of someone, everyone who needs
to be equipped will eventually have everything. Once
everything is in place, that support comes to an end.
Support is until you create strength from the front.
Workers work hard while others have knowledge,
economics, and skills.

노동자들이 열심히 일해서 경제를 창출해야 그 사
람들이 일을 할 수 있는 것이다. 한 집안이나 나라나
똑같다. 고생하며 뒷바라지하는 동안에 그 사람들은
힘을 키우고 있었던 것이다. 힘을 키운 사람들이 앞으
로 어떤 일을 할 것인가?

Workers must work hard to create an economy
for them to be able to work. It's the same in any
household or country. While they were struggling
and supporting others, those people were building
their strength. What will these people who have built
their strength do in the future?

바르게 처리했다면 뒷바라지한 사람들을 챙기고 들어갈 것이다. 고생한 사람들이 뒷바라지를 끝내고 나면 보람 있는 삶이 열린다. "고생 끝에 낙이 온다." 즐거움은 내가 당신에게 뜻있는 일을 해서 오는 것이다.

If it was handled properly, they would take care of the people they supported and leave. After those who have suffered end their support, a fulfilling life begins. "After hardship, there comes happiness." Joy comes from doing something meaningful for you.

뒷바라지한 자식도 즐겁고 보람되며, 앞에서 잘 갖춘 자식들이 살기 좋은 사회를 설계하고 세상 사람들을 위해 사니 우리 부모님은 보람되고 자식들이 다 자기 할 일을 하니 부모님은 행복하다. 이것을 효도라고 하는 것이다.

The children who support them are happy and rewarding, and our parents are rewarded because their well-established children design a good society and live for the people of the world. And our parents are happy because their children are all doing their own things. This is what is called filial piety.

부모님을 행복하게 해 드리고 이 세상을 떠나시게
해 드리는 것이 진정 효를 다하는 것이다. 위에 자식
이 아무리 잘됐더라도 뒷바라지했던 자식이 울고 있
으면 부모는 걱정이 된다. 열 손가락 깨물어 안 아픈
손가락이 없다.

Making your parents happy and letting them leave
this world is truly fulfilling filial piety. No matter
how well your children do, parents become worried
when the children they supported are crying. There
isn't a single finger that doesn't hurt when bitten.

갖춘 것이 중요한 것이 아니라 갖추고 난 후에 무엇을 하느냐, 이것이 더 중요하다. 갖추는 것은 어떠한 희생 속에서 이루어진 것이다. 이루었다면 희생한 자들을 즐겁게 살게 해줘야만 이 집안이, 이 사회가 바르게 돌아가는 것이다.

What matters more is not what you have, but what you do after you have it. Having it is achieved through some sacrifice. If it has been achieved, it must allow those who have sacrificed to live happily for this family and society to function properly.

고생 끝에 분명히 낙이 있어야 한다. 이것까지가 한 프로젝트다. 부모님이 어려워지면 그 책임은 공동 책임이 아니다. 고생하며 뒷바라지를 한 자식은 책임이 없다. 뒷바라지를 하면서는 다른 일을 못 하기 때문이다.

After hardship, there must be a clear sense of success. This is one project. When parents face difficulties, the responsibility is not shared. A child who has endured hardship and supported them has no responsibility. This is because they cannot do anything else while supporting them.

갖출 사람은 갖추고 이룰 사람은 이루어야만 질質 높은 일을 할 수 있으므로, 그것을 위해 희생한 것이다. 질質이 높아졌으니 질質 높은 일을 하고, 나는 보람 있는 일을 했으므로 어려움을 겪지 않는 것이다.

Those who possess it must be equipped, and those who achieve it must accomplish it must achieve it in order to accomplish high-quality work, so it was sacrificed for that purpose. Since the quality has improved, I have done high-quality work, and since I have done rewarding work, I do not experience difficulties.

이럴 때 우리 부모님은 어려움을 겪지 않으신다. 마지막 자식까지 즐거울 때 부모는 행복하고 여한餘恨이 없다. 이것이 효의 근본이고 풀어야 할 숙제다. 한 가지 답을 정확하게 알면 모든 답을 안다. 원리는 두 가지에서 나오는 것이 아니다.

My parents don't have any difficulties in times like these. When their last child is happy, parents are happy and have no regrets. This is the foundation of filial piety and a task that must be solved. If you know one answer accurately, you know all the answers. The principle does not come from two things.

조상과 부모를 공경하는 방법이 더 깊고 지적으로 가야 한다. 조상에게 빌어서도 안 되고, 도움받으려고 매달려서도 안 되며, 우리 가족들에게도 머물러서는 안 된다. 머무르면 한 발짝도 나아갈 수 없다.

The way to respect ancestors and parents should be deeper and more intellectual. We should not beg from our ancestors, cling to them for help, or stay with our family. If we stay, we cannot take even a single step forward.

묶여 있는 것 때문에 마음의 눈이 안 열린다. 멀리 바라봐야 한다. 눈을 크게 안 뜨면 삶이 쪼그라든다. 아무리 널리 이롭게 살라고 해도 살 수가 없다. 그래서 효는 절대 일어나지 않는다. 우리는 우리의 정체성을 찾아야 한다.

Because of what is tied up, the mind's eye doesn't open. You have to look far ahead. If you don't open your eyes wide, your life will shrink. No matter how widely you try to live beneficially, you cannot live. Therefore, filial piety never occurs. We must find our identity.

우리 부모님들은 자식들이 훌륭한 일을 하도록 뒷바라지하고 공부시키며 키우셨다. 일에는 작은 일부터 큰일에 이르기까지 훌륭한 일과 졸장부 같은 일이 있다. 밖을 내다보면 밖이 보이고 안을 보고 있는데 밖이 보일 수는 없다.

Our parents supported and educated their children so they could do great things. There are tasks ranging from small to big, including both great and petty work. When you look outside, you can see outside, and when you look inside, you can't see outside.

자손이 뜻있는 일을 할 때 조상은 웃는다. 보람 있는 삶을 살 때 웃는다. 가족들이 모여서 좋은 대화를 나누고 뜻있는 모임을 할 때는 좋지만, 제사를 지내러 가는 일은 이제 그만할 때다. 앞으로는 내 자식을 위해 살 때가 아니다.

When descendants do meaningful work, ancestors laugh. They laugh when they live a fulfilling life. It's good when family members gather together, have good conversations, and have meaningful gatherings, but it's time to stop going to ancestral rites. It's not the time to live for my children anymore.

우리 국민은 앞으로 공인의 삶을 살아야 한다. 공인
의 삶을 살면 내 자식을 위해 살지 않기 때문에 자식
에게 제사를 받아먹으러 안 온다. 세상을 위해 필요한
삶을 살 때 가족 개념을 탈피하고 공익을 위한 삶으로
변한다.

Our citizens must live the lives of public figures in
the future. If we live the lives of public figures, we
will not live for our children, so we will not come to
receive ancestral rites from them. When we live a
life necessary for the world, we move away from the
concept of family and transform into a life for the
public good.

그래서 앞으로는 제사를 모시고 기도하는 것이 자연스럽게 없어진다. 모든 삶을 크게 보고 멀리 보고 살면, 지금 당장 어떻게 하지 않아도 그런 생각을 가지고 살면 보이는 것이 다르다. 작아지지 않고 크게 된다.

Therefore, in the future, the practice of worshiping and praying for ancestral rites will naturally disappear. If you look at all aspects of life and live with a long-term perspective, even if you don't do anything right now, you will see a different thing if you live with such thoughts. You will become bigger without shrinking.

사 랑 이 란 무 엇 인 가 ?
What is love?

사랑愛, 스스로 이루어지는 향기
Love, a fragrance that comes true on its own.

사랑은 억지로 만든다고 해서 피어나는 꽃이 아니다. 상대를 내 뜻대로 바꾸려는 욕심은 사랑이 아니라 집착의 씨앗일 뿐이다. 내가 먼저 실력을 갖추고 상대를 지극히 존중할 때, 사랑은 향기처럼 자연스럽게 찾아와 우리 삶을 채운다. 사랑은 만드는 것이 아니라, 준비된 자에게 스스로 이루어지는 축복이다.

Love is not a flower that blooms just because it is forced. The desire to change someone according to your will is not love but merely the seed of obsession. When I first develop my skills and respect them deeply, love naturally comes like a fragrance and fills our lives. Love is not something to be created but a blessing that comes upon those who are prepared.

우리는 아직 사랑할 때가 안 되었다. 사랑이 무엇인
지도 모른다. 좋아는 해봤는데 사랑은 안 해봤다. 사
랑을 한다는 것은 최고로 즐겁고 기쁜 최고의 순간을
맞이하는 것이다. 내가 누구에게 사랑을 받는다는 것
은 하늘나라로 가는 것과 같다.

We are not yet ready to love. We don't even
know what love is. I've liked it, but I've never
experienced love. To be in love is to experience the
most enjoyable and joyful moments. Being loved by
someone is like going to heaven.

사랑은 어떻게 해야 받을 수 있는가? 존경을 받을 때 받을 수 있는 것이다. 존경 없이는 절대 사랑이 이루어지지 않는다. 존경을 받을 수 있는 사람이 아랫사람을 사랑하는 것이다. 이렇게 해서 사랑은 이루어지는 것이다.

How can one receive love? It can only be received when one is respected. Without respect, love can never be achieved. It is the person who can be respected who loves their subordinates. This is how love is achieved.

"우리 딸을 사랑한다", "우리 부인을 사랑한다"고
하는 것은 우리 딸과 우리 부인을 좋아하는 것이다.
우리가 가족이 된다는 것은 엄청나게 좋은 일이기도
하지만, 또한 말썽을 부리면 엄청나게 미운 것이기도
하다.

Saying "I love my daughter" or "I love my wife"
means you like my daughter and my wife. Becoming
a family is an incredibly good thing, but it is also
incredibly hateful if you cause trouble.

사랑을 하면 미워할 수가 없다. 밉고 좋은 것이 아
니고 사랑이 일어났다면 후퇴後退가 없다. 영원히 사
랑한다. 죽어서도 떨어질 수 없다. 이것이 사랑이다.
이때까지 '사랑'이라는 단어는 있었지만, 좋아하는 것
을 사랑이라고 했다.

When you love, you cannot hate. It is not
something to be hateful or good, but if love has
occurred, there is no room for retreat. I will love you
forever. Even in death, we cannot be separated. This
is love. Until now, the word "love" existed, but liking
something was called love.

좋아하는 것에는 단수段數가 있다. 약간 좋아하고, 조금 좋아하고, 조금 더 좋아하고, 미치게 좋아하고, 어느 정도 농도를 조절해서 좋아하는 것이다. 엄청나게 좋을 때는 사랑한다고 하고 중간쯤 좋을 때는 즐겁다고 한다.

There is a singularity in things you like. You like them a little, a little, a little more, a maddeningly, and to some extent, you like them by adjusting the concentration to some extent. When they are incredibly good, you say you love them, and when they are moderately good, you say you enjoy them.

사랑이란 글자는 함부로 쓸 수 있는 것이 아니다. 상대에게 존경을 받을 때 아랫사람에게 사랑을 받는 것이고, 아랫사람에게 존경을 받을 수 있는 환경이 됐을 때 존경하는 내 아랫사람을 사랑하는 것이다.

The word "love" cannot be used carelessly. It is when you are respected by someone else that you are loved by those below you, and when you are in an environment where you can be respected by those below you, you love the person below you who you respect.

이제 우리는 사랑의 의미를 알아야 한다. "진정 당신을 사랑하는가?" "진정 우리 부부가 사랑하고 있는가?" 서로 존중할 때 사랑이 싹트며, 존경까지는 아니더라도 작은 사랑이라도 하려면 서로 존중해야 한다.

Now we need to understand the meaning of love. "Do you truly love yourself?" "Do we truly love as a couple?" Love blossoms when we respect each other, and even if it's not quite respect, we must respect each other if we want to have even a small love.

서로 존중하려면 서로에게 필요하게 살아야 한다. 그
래야 사랑이라는 것을 조금씩이라도 맛볼 수 있다. 앞
으로는 서로가 서로를 위하지 못하면 헤어지는 시대가
온다. 서로 상생하지 못하면 갈라지는 시대가 온다.

To respect each other, we must live in a way that
is necessary for each other. Only then can we taste
love, even if just a little. In the future, an era will
come where we part ways if we cannot care for each
other. An era will come where we part ways if we
cannot coexist and prosper.

이때까지는 뭉치기 위해 노력했지만, 아닌 것은 갈라지는 세상이다. 에너지는 모일 때가 있고 분해될 때가 있다. 가족도 혈연으로 만나 가족을 이루었지만 잘못 운용運用되고 있다면 깨진다는 것이다.

Until now, we have tried to unite, but what is not, it is a world where things are divided. Energy gathers and decomposes. Even families formed through blood ties, but if they are being mismanaged, they will be broken.

사랑까지 가는 것이 우리 인생의 전부인데, 사랑은 마음대로 안 된다. 사랑할 때까지 노력해야 한다. 상대가 나를 사랑하게끔 내가 노력해야 한다는 것이다. 우리는 아직 사랑받을 만한 일을 하지 않았다. 사랑받을 수 있도록 노력해야 한다.

Going to love is everything in our lives, but love doesn't work as you please. You have to keep striving until you love. It means you have to make an effort to make the other person love you. We haven't done anything worthy of love yet. We must strive to be loved.

사랑은 얻으려 하는 것이 아니라 자연스럽게 일어나는 것이다. 상대에게 얻어내려는 것은 욕심이다. 사랑은 얻으려 하지 않아도 내 행동에 따라 상대가 나를 사랑하게 되는 것이다. 사랑을 하게 되면 내가 충만하고 기쁘다.

Love is not something you try to gain, but something that happens naturally. Trying to gain from someone is greed. Love is something that makes someone love you based on your actions, even if you don't try to gain it. When you fall in love, you feel full and happy.

나를 갖추지 아니하고 내 할 일을 바르게 하지 않으
면 너를 사랑하는 일은 절대 오지 않는다. 묵묵히 내
할 일을 하면서 내 부족함을 채우고 노력하면 너를 진
정으로 사랑할 사람이 올 것이다. 나를 사랑하고 있다
는 것을 눈빛만 봐도 안다.

If I don't have myself and do my job properly,
loving you will never come. If I quietly do my job,
fill my shortcomings, and make an effort, someone
will come who will truly love you. I can tell just by
looking at their eyes that they love me.

사랑은 "눈물의 씨앗"이라고 한다. 사랑을 했는데 왜 눈물을 흘리는가? 사랑을 해서가 아니고 욕심을 내서 그렇다. 사랑이 아닌 것이다. 좋아하다 보니까 욕심이 나고 욕심이 나니까 안 떨어지려고 하고 그래서 눈물이 나는 것이다.

Love is said to be the "seed of tears." Why do you cry when you have loved someone? It's not because you loved someone, but because you were greedy. It's not love. Because you like someone, you become greedy, and because you become greedy, you try not to let go, and that's why you cry.

사랑은 눈물의 씨앗이 아니다. 좋아하는 것이 욕심으로 변하면 눈물의 씨앗이 된다. 좋아하는 것이 욕심으로 바뀔 때는 내 가슴을 찢는 일이 생기고 아주 힘든 일이 생기고 결정하기도 힘들고 놓기도 힘들어서 울어야 하고 괴로워해야 한다.

Love is not the seed of tears. When what you like turns into greed, it becomes the seed of tears. When what you like turns into greed, something heart-wrenching happens, something very difficult happens, and it's hard to make decisions or let go, so you have to cry and suffer.

사랑은 다 성장한 지식 사회에서 일어난다. 사랑할 수 있다는 것은 내가 노력하고 갖추지 않으면 자격이 없다. 내 자식을 사랑한다고 하면서 내 말을 안 듣는다고 성을 낸다. 이것이 어떻게 사랑이냐? 그래 놓고 "너를 위해서 그런다"고 한다.

Love occurs in a fully developed knowledge society. Being able to love means that without effort and development, one is not qualified. While saying they love their child, they complain that they don't listen to me. How is this love? And then they say, "I'm doing it for you."

부모는 뒷바라지를 하고 역할을 하는 것이다. 내 방법이 들어가면 자식을 내 방법대로 끌고 가는 것이다. 이것은 욕심에서 비롯되어 내 자식을 눈물 나게 만든다. 사랑은 내가 한다고 되는 것이 아니라 스스로 이루어진다.

Parents support and fulfill their roles. When my method is applied, I lead my child according to my own method. This stems from greed and makes my child cry. Love is not something that happens when I do it, but something that happens on my own.

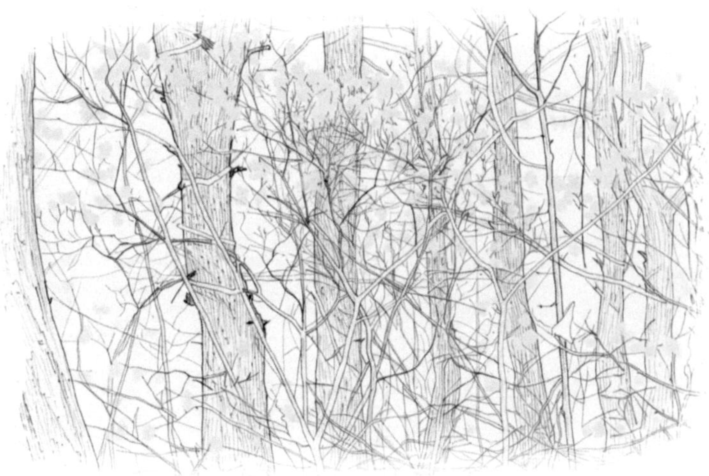

작가의 이야기 My story

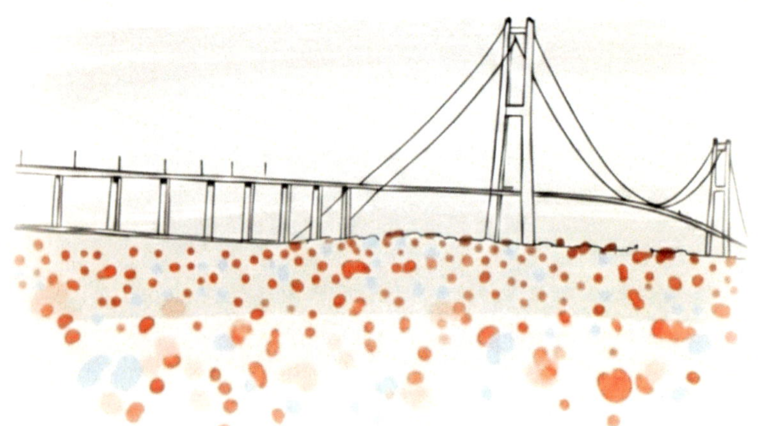

공인公人의 삶, 나라와 인류를 향한 여정
A life as a public person, a journey towards the nation and humanity.

나 한 사람, 내 가족만을 위한 삶은 이제 낡은 패러다임이 되었다. 우리는 이제 융합의 시대를 열어가야 할 뉴 패러다임의 주인공이다.

"나는 이웃과 사회, 나라와 인류를 위해 무엇을 해야 하는가?" 이 질문을 가슴에 품고 한 걸음을 내딛는 순간, 당신의 삶은 우주적인 가치를 지닌 '위대한 인생'으로 거듭날 것이다.

A life solely for myself and my family has now become an outdated paradigm. We are now the protagonists of a new paradigm that must usher in an era of convergence. "What should I do for my neighbors, society, the country, and humanity?" The moment you take a step with this question in your heart, your life will be reborn as a 'great life' with cosmic value.

2014년 6월 어느 초여름 날, 내 인생이 바뀌는 순간이었다. 충청남도 공주였다. 뒷산은 무성산이고, 그 너머에는 마곡사가 있다. 앞에는 정안천이 흐르고 따라가면 짧은 거리에서 금강을 만난다. 비가 내리고 있었다.

On a day in early summer in June 2014, it was the moment my life changed. It was Gongju, South Chungcheong Province. The mountain behind is Museongsan, and beyond that is Magoksa Temple. Jeongancheon Stream flows in front, and if you follow it, you will encounter the Geum River at a short distance. It was raining.

선배의 추천으로 그곳에서 선지식을 만났다. 처음 강의를 들었던 기억이 난다. 마치 흩어진 구슬이 하나로 꿰어지듯, 나도 모르게 강의에 매료되었던 그날을 잊을 수가 없다. '이게 뭐지?' 지나온 삶이 주마등처럼 스쳐 지나갔다.

I met Seonjisik there on the recommendation of a senior colleague. I remember taking the lecture for the first time. I can't forget that day when I was unknowingly captivated by the lecture, like scattered beads being strung together. "What is this?" The life I had lived flashed before my eyes like a revolving lantern.

내가 얼마나 무지하게 살아왔는지 알게 되었다. 이 삶이 제가 살아야 할 삶이 아니라고 할 때다. 밖에서는 안정 지향보다 성취 지향적으로 앞만 보며 살아왔다고 자부하며 살아온 내가 일시에 무너져 내렸다.

"What is this?" The life I had lived flashed before my eyes like a revolving lantern.I realized how ignorantly I had lived my life. It was time to say that this life was not the one I should be living. I, who had lived with pride, focusing only on achievement rather than stability, collapsed all at once.

안으로는 부모님께 효도하고, 형제들과 우애하며, 처자식과 행복하게 사는 것이 전부인 줄 알고 살아왔지만 그렇게 살아지지도 않았고, 항상 채워지지 않는 마음 한구석은 허전했다. 어디에서도 찾지 못했던 그것을 찾은 순간이었다.

Inside, I had lived thinking that all I needed was to be filial to my parents, to be close with my siblings, and to live happily with my wife and children, but I couldn't live like that, and there was always a corner of my heart that wasn't filled. It was the moment I found something I hadn't found anywhere else.

나 스스로에게 얼마나 묶여 살아왔는지 깨달았다. 엉켜 있던 내 인생이 어느 정도 정리되면서 내 자신을 대자연에 맡겨보자 했다. 나 스스로에게 맡겨보자 했다. 솔직히 말하면 선택의 여지가 없었다.

I realized how much I had been bound to myself. As my tangled life began to sort out to some extent, I decided to entrust myself to nature. I decided to entrust myself to myself. To be honest, there was no room for choice.

"빚 갚고 가라!"라는 한마디에 뭔지도 모르고 눈물
이 났던 일, "공부를 해야 할 사람은 어떤 일이 있어도
해야 한다"는 가르침, "당신 같은 사람은 그렇게 안
해놓으면 공부 안 해!" 하시던 가르침, 지금도 귓전에
쟁쟁하다.

Pay off your debt and go! The moment I cried
without knowing what it was, the teaching that
"Those who need to study must do it no matter
what," and "People like you won't study if you don't
do it that way!" teachings still ring in my ears.

이제부터 나는 "천지天地도 모르는 놈! 바보愚甫"다. 그해 나는 인연이 이끄는 대로 대구로 왔다. 지금까지 살아오면서 지금처럼 오롯이 나만의 시간이 있었던 가? 지금껏 욕심으로 시작해서 욕심으로 끝났다.

From now on, I will be a "heaven and earth ignorant guy!" He's a fool. That year, I came to Daegu as fate led me. In my life so far, have I ever had such a time solely for myself? I've started with greed and ended with greed.

하늘 아래 땅을 딛고 그 안에 살면서도 내가 누구인지, 왜 이 땅에 왔고, 무엇 때문에 사는지, 내가 만나는 인연은 어떤 관계인지, 어떤 것이 바르게 사는 것인지 하나하나 알아가고 정리하고 배우는 하루하루가 어떻게 왔는지 모른다.

Even while living on the earth under the sky, I don't know who I am, why I came to this earth, why I live on it, what kind of relationships I meet are, and what constitutes living rightly, and how each day I learn came about.

함양에서 사과 농사를 지을 일이 있었다. 새로운 경험과 인연을 통해 나의 알량한 지식이 얼마나 보잘것 없는지, 모르고 지나간 나의 모순들이 드러나고, 매일 매일 현장에서의 가르침이 나를 새롭게 만들어 가고 있다는 것을 알았다.

There was an occasion to farm apples in Hamyang. Through new experiences and connections, I realized how insignificant my meager knowledge was, how my past contradictions were revealed, and that the daily lessons from the field were shaping me anew.

새로운 사람들과의 만남은 "억울하고 분하지요" 하는 말씀 하나가 나를 위로하고, "그건 도반님의 잣대지요" 하는 말씀이 나를 깨우고, "혼자 밥해 먹지 말고 오세요" 하실 때는 정말로 고마워서 모두에게 감사하고 잊을 수가 없다.

Meeting new people is comforting with the words "It's unfair and frustrating," and "That's your standard" awakens me. When someone says, "Don't cook alone, come," I am truly grateful and can't forget to thank everyone.

그렇게 10여 년이 어떻게 지나왔는지 모른다. 나에게는 많은 변화가 있었다. 첫째는 내 나이 70을 넘어서도 할 일이 있다는 것이고, 둘째는 그동안 내가 경험하고 쌓아온 삶을 한 번도 이 세상을 위해 필요하게 쓴 적이 없다는 것이다.

I don't know how about 10 years have passed like that. There have been many changes for me. First, there are things to do even after I turn 70, and second, I have never used the life I have experienced and built up for the sake of this world.

내 잘난 체만 하고 불평불만 하고 남 탓만 하던 어리석음을 알았다. "몰랐던 것이지, 가르쳐 주는 스승이 없었던 것이지" 하시던 가르침에 눈물은 저절로 나오고, 후회가 아니라 희망이었고 환희의 눈물이었다.

I realized my foolishness in always acting superior, complaining, and blaming others. "I didn't know, I didn't have a teacher to teach me." Tears came naturally at the teaching, and it was not regret but hope and tears of joy.

어느 날, "이 은혜를 어떻게 갚아야 하는지요?"라고 여쭈었을 때, "사회에 갚으라!"는 가르침에 울컥했던 그때, 나 스스로 다짐했던 날이 기억난다. 내가 이 사회를 위해 할 일이 있고, 필요한 사람이 될 수 있다는 희망과 용기였다.

One day, when I asked, "How should I repay this kindness?" I was overwhelmed by the teaching, "Repay society!" I remember the day I made a vow to myself. It was the hope and courage that I had something to do for this society and that I could become someone who was needed.

해발820m

함께한 사람들

The people with me

전준우
윤정아
최수정
신용식
한소정
김영애
박경민
정정화
사공병철

• 전준우, Born in 1983
하동에서 식당을 운영하는 쉐프
A chef who runs a restaurant in Hadong

언제부터인가 나는 남 탓, 불평불만은 기본이고 사람들을 내 잣대로 판단하며, 늘 세상에 대한 불만이 가득했다. 그런 나를 일깨운 가르침은 "너에게 일어나는 모든 것은 너를 키우기 위함이다! 받아들여라!"

그것을 알고 난 뒤 나는 세상을 보는 눈이 많이 바뀌었다. 나한테는 가장 큰 수확이다. 세상은 나를 공격하는 것이 아니라 나를 배우게 하고 성장하게 하고, 에너지를 공급하는 학교였다는 것을 아는 순간이었다.

예전에는 일이 안 풀리면 걱정과 불안, 또 사람과의 마찰이 있을 때는 미움과 분노가 먼저 앞섰다. 지금은 내가 풀어야 할 숙제이며 신호라는 것을 안다. 이것을 알면 두렵지 않고 오히려 다음 숙제를 기다리는 설렘까지 생기기도 한다.

듣고 이해하고 다시 듣기를 반복하며 알아간다. 나를 알고 상대를 알아가는, 그래서 이제는 사람을 대하는 시선이 달라지고 말 한마디에 책임을 갖게 되고 행동 하나에도 신중해지며 그 내공의 힘이 조금씩 배어 나옴을 느끼는 중이다.

이제야 비로소 진짜 내 인생의 본격적인 여정을 시작하고 있다. 나는 지금도 한 걸음씩 깊어지고, 삶에서 보내주는 모든 신호를 겸허하게 받아들이도록 노력하며 내 안의 진짜 나를 완성할 수 있도록 정진하려고 한다.

나는 확신한다. 이 길의 끝에는 반드시 더 성장하고 더 빛나는 내가 되어 이웃과 사회, 나라와 인류를 빛내고 있을 것임을...

• 윤정아, Born in 1971
대구에서 근무하는 간호사
A nurse working in Daegu.

제가 가장 두려워했던, 사람들 앞에 섰던 경험이 가장 기억에 남는다. 정말 뜻깊고 즐거운 경험이었다. 사실 직장생활을 하면서도 즐겁다고 느낀 적이 기억에 없다. 하고 싶은 일이 뭘까? 그걸 찾아 헤매던 시기가 있었다.

그 시기에 선지식을 만나게 되었고, 그 가르침을 들으면서 사람들 앞에 선다는 두려움과 점차 마주하면서 시작한 태권도는 저에게 아주 특별한 전환점이 되었다. 과정을 통해 조금씩 자신감을 얻을 수 있었고 숨어있던 저를 깨우는 계기가 되었다.

"망설이지 말고 그냥 한번 해보라"는 그 가르침이 저를 크게 움직이게 했다. 그러던 어느 날, 사람들 앞에서 가르치는 일을 해보고 싶다는 마음이 들었다. 그리고 실제로 도전해보게 되었고 처음으로 그 자리에 섰을 땐 정말 떨렸다.

　어떻게든 제게 주어진 시간을 채우고 나니 말로 표현할 수 없는 벅찬 감정이 몰려왔다. "아, 내가 해냈구나." 그 기쁨은 그 어떤 경험과도 비교할 수 없는 즐거움이었다. 공부할 수 있는 기회를 주셔서 진심으로 감사할 따름이다.

● 최수정, Born in 1972
대구에서 맛사지 숍 운영
Operating a massage shop in Daegu

오래전 초등학교 2학년인 딸아이가 숙제하는 것을 싫어해서 어떻게 이야기해 줄까 하다가 딸과 나눈 대화다.

"세상에 딱 한 그루의 사과나무가 있다. 사과나무에는 마지막 사과 하나가 달려 있다. 마지막 사과지만 이 사과를 따지 않으면 나무가 죽는다. 너라면 이 사과를 어떻게 할 건데?"

"따서 먹어요."

"음, 따서 먹으면 다시는 이 세상에 사과를 볼 수 없겠네."

끄덕끄덕하다가 "아~" 하며 눈을 동그랗게 뜬다.

"그럼 사과를 땅에 심어요."

"그래, 사과를 땅에 심으면 어떻게 될까?"

"모르겠어요."

"엄마 생각을 얘기해 볼까? 엄마는 사과를 따서 반으로 잘라, 씨앗은 땅에 심고 사과는 나눠 먹는 거야. 그럼 그 씨앗이 자라서 나무가 되고, 또다시"

“아, 그 나무가 자라 사과가 열리면, 또 사과는 먹고 씨앗은 심고.”

“그렇지, 처음엔 한 그루지만, 한 그루에 사과가 10개 열리면 10개 씨앗을 심을 수 있고, 그 씨앗들이 자라 10그루 나무가 되고, 또 그 나무마다 10개씩 사과가 열린다면?”

“100개! 100개 나무가 또 100이면 1000개!”

신이 나서 말하는 아이

“학교도 사과나무와 똑같아. 학교라는 땅에 어린이라는 씨앗을 심어서 1학년, 2학년, 점점 커서 열매를 맺을 때까지 햇빛도 보고 물도 마시고, 추위와 더위도 이겨내고 그 햇빛과 물이 너희들이 배우는 공부라고 생각하면.”

“아, 그래서 공부하라는 거구나. 나 공부할래요.” 하며 책을 펼친다.

아이를 보며 또 한 가지 배운다.

어른들이 어떻게 이해시켜 주느냐에 따라 아이는 티 없이 따라온다. 그런데 나는 그동안 어른의 잣대로만 아이를 가르치려 했다는 걸 깨달았다.

‘아는 게 힘이다’라는 걸 새삼 느끼는 날이었다.

- 신용식, Born in 1972
거창에 사는 농부
A farmer living in Geochang

나는 내가 아는 만큼만 세상을 보고, 내가 들은 만큼만 세상을 해석하며 살아왔다. 내가 가진 지식이 전부라고 생각했다. 예전의 나는 상대의 말이 내가 알고 있는 것과 다르면 틀렸다고 따지고, 내가 옳다고 주장하는 데 익숙했다.

그것이 당연하다고 여겼고, 그것이 내 방식의 진실이라고 믿었다. 가르침을 받고 나서는 나의 본질도 모르고 상대의 본질도 모른다는 것을 깨달았고, 지식의 한 조각을 가지고 그 조각을 전체라고 착각하며 살아왔다는 것을 알았다.

상대의 말에 옳고 그름을 판단하지 않으려고 한다. 그 다름이 곧 틀림은 아니라는 것을 알게 되었기 때문이다. 나는 듣고, 보고, 흘려보내는 수련을 하고 있다. 상대가 말하는 내용보다 그 말 속에서 내가 무엇을 보아야 하는지 보려고 한다.

상대는 나의 거울이고, 그 거울을 통해 나를 볼 수 있다는 것이다. 분별은 상대의 말이 아니라 나의 깨달음과 기준으로 행동하는 것이다. 상대의 말은 잘 듣되 행동은 나의 분별로 한다. 이것이 내 삶에서 일어난 가장 큰 변화다.

한소정, Born in 1975

일본에 거주하는 주부

나는 늘 무언가를 갈망하며 살아왔다. 정작 무엇을 찾고 있는지는 알 수 없었다. 겉으로는 우아해 보였지만 물속에서 쉬지 않고 발을 저어야 했던 백조와 같이 감정의 흔들림과 의존을 인정하지 못한 채 살아가고 있었다.

그러던 중 어머니로부터 '삶을 바르게 살아가는 법'이라는 가르침을 소개받았고, 나는 스펀지가 물을 흡수하듯 3년 동안 쉼 없이 들었다. 일본에 살던 나에게 한국에서 인성 공부를 할 수 있는 기회가 생겼고, 그리고 한국에서 일할 기회가 생겨 한국으로 오게 되었다.

그러면서 한국에 있는 가족들과 다시 마주하게 되고, 그리움이라 여겼던 마음속 깊은 곳에 자리하고 있었던 것이 집착이었음을, 그리고 내가 높였던 목소리가 오해와 상처를 만들었음을 비로소 깨달았다.

일년 남짓한 직장 생활은 나의 모순을 드러나게 했고, 그 모순을 가르침대로 정리하려 하자 비로소 길이 열렸다. 그 과정 속에서 어둠도 빛도 모두 나를 성장시킨 소중한 인연이었음을 다시 한번 확인했다.

가정의 흐름도 어느 정도 자리를 잡아가자, 나는 다시 일본으로 가게 되었다. 일본어로 책을 번역하는 일을 다시 하게 되고, 이제 나는 파도 속에서도 중심을 지키는 법을 배우며 잊고 지냈던 본래의 자리로 돌아가는 길을 걷고 있다.

내 안의 작은 등불을 따라 하루하루 밀도를 채우고 성의껏 살아가려고 한다. 우리는 단지 주어진 모든 것 앞에서 노력할 뿐이라는 것을 깨닫는다. 아직 갈 길은 멀지만, 나를 깨우기 위해 주어진 모든 환경과 인연에 깊이 감사한다.

• 김영애, Born in 1965
신불산에서 숙박업 운영
Operating a lodging business in Sinbulsan

2019년, 인생의 전환점에서 운명처럼 선지식을 만났다. 어릴 적부터 나를 괴롭히던 육체의 고통은 늘 삶의 무거운 짐이었다. 원망도 많았고, 그 아픔 때문인지 사람을 대할 때도 늘 까칠하고 날 선 모습이었다.

내 잘난 맛에 살며 타인에게 부드럽지 못했던 지난날의 저를 고백한다. 나에게 가장 먼저 찾아온 변화는 몸의 평안이었다. 신기하게도 평생을 따라다니던 통증이 잦아들며 육신이 가벼워졌고, 비로소 마음을 돌볼 여유가 생겼다.

교만했던 마음을 내려놓고 상대를 어떻게 존중해야 하는지, 사람과 사회를 대하는 바른 태도가 무엇인지 하나씩 배워갔다. 날카로웠던 성정은 부드러운 유연함으로 바뀌었고, 이제는 사람들에게 어떻게 다가가야 할지 알아가고 있다.

가장 감사한 것은 "내가 왜 이 세상에 태어났는지" 그 근본적인 이유와 제가 이 사회에서 해야 할 역할이 있다는 것이다. 방황하던 삶에서 명확한 이정표가 생긴 것이다. 저를 새롭게 태어나게 해주신 가르침에 존경과 감사를 드린다.

• 박경민, Born in 1970
인천에서 근무하는 직장인
An office worker working in Incheon

어릴 적 나의 아버지는 아들 셋에 딸 하나인 저를 많이 예뻐해 주셨다. 그런데 제가 고등학교를 졸업하고 취직을 하면서 점점 서로 말이 없어지고, 엄마가 돌아가시고부터는 필요한 말 이외에는 아예 하지 않고 살았다.

그러다 덜렁 선본 지 2주 만에 결혼을 한다고 하니 우리 아버지는 처음으로 제게 눈물을 보이시면서 "다시 한번 생각하면 안 되겠니?" 하시며 반대하셨다. 그러나 저는 아버지 눈물을 모른 척하고 결혼을 했다.

어느 날 문득, 제가 먼저 아버지를 아프게 한 것도 모르고 제 아픔만 투정 부렸다. 그리고 딸이 선택해서 힘들게 사는 것을 지켜보는 부모는 더 아플 거라는 것을 몰랐다. 제 아픔만 가지고 알아달라고 응석을 부렸던 거다.

그걸 알고 나니 얼마나 아버지께 미안하던지, 한동안은 "아버지 미안해요."를 입에 달고 살았다. 그리고

작년 어버이날 아버지랑 통화하면서 저도 모르게 "아버지 사랑해요."라고 처음으로 말했던 것 같다. 그리고 나는 혼자 엉엉 울었다.

요즘도 통화하면서 "아버지 사랑해요"를 입에 달고 사는데, 며칠 전 아버지께서 처음으로 제게 "나도 사랑한다."고 하셨다. 아마도 태어나서 처음 하셨을 거다. 나부터 바뀌면 상대도 바뀐다. 아버지 덕분이다. "아버지 사랑해요" "아버지 감사해요"

• 정정화, Born in 1959
칠곡에 거주하는 주부
A housewife living in Chilgok

나에게는 일본인 며느리가 있다. 전 같으면 며느리가 자연유산을 두 번 겪고, 임신이 잘되지 않으면 무엇을 해줘야 할지, 어떤 방법을 찾아야 할지, 조급하고 갈등하며 시험관 시술이나 인공수정 등 여러 방법을 서둘러 권했을 것이다.

그만큼 마음이 앞서고 상황을 바꿔보려고 안달이 났을 거다. 이제는 생각이 완전히 바뀌었다. 인연이 오지 않을 때는 그만한 이유가 있다는 것과 억지로는 안 된다는 자연의 이치를 깊이 알게 되었다.

그래서 지금은 조급함 대신 고요함과 함께 억지로 움직이던 내가 사라졌다. 자연의 흐름을 믿고 나아가는 나의 삶을 깨닫고 있다.

• 사공병철, Born in 1977
대구에서
In Daegu

나는 혼자 서 있는 나무와 같았다. 하지만 이제는 숲의 일원이 되어, 서로 연결된 나무들처럼 공동체의 이익을 생각하며 성장하는 존재가 되었다.

삶의 본질, 위대한 사랑

초판인쇄 2026년 3월 3일
초판발행 2026년 3월 3일

지은이 윤주용
엮은이 이해경
편집 길민정
펴낸곳 (주)문화앤피플뉴스
등록번호 제2024-000036호
주소 서울 중구 충무로2길 16, 4층 403호 (충무로4가, 동영빌딩)
대표전화 02)3295-3335
팩스 02)3295-3336
이메일 cnpnews@naver.com
홈페이지 www.cnpnews.co.kr

정가 17,000원
ISBN 979-11-94950-13-4(03810)